LOS BEBÉS DE LA SELVA

LAS CRÍAS DE LOS COCODRILOS

por Genevieve Nilsen

TABLA DE CONTENIDO

tadpole en español

PALABRAS A SABER

cola

crías

escamas

huevos

palmeadas

salen del cascarón

LAS CRÍAS DE LOS COCODRILOS

¿Qué hay en estos huevos?

¡Crías de cocodrilos!

¡Salen del cascarón!

Cada cría es pequeña.

Tiene la cola larga.

Mamá la carga.

¡La cría va montada en su boca!

Ella va montada en su lomo.

¡Qué divertido!

Tiene las patas palmeadas.

Tiene escamas.

¡Crece!

¡Nada!

¡REPASEMOS!

Los cocodrilos son reptiles. Los reptiles tienen escamas. Apunta hacia los reptiles que ves abajo. ¿Cómo sabes que son reptiles?

ÍNDICE